Nous remercions le ministère du Patrimoine canadien,
la SODEC et le Conseil des Arts du Canada
de l'aide accordée à notre programme de publication

Patrimoine   Canadian
canadien   Heritage

LE CONSEIL DES ARTS | THE CANADA COUNCIL
DU CANADA | FOR THE ARTS
DEPUIS 1957 | SINCE 1957

ainsi que le Gouvernement du Québec
– Programme de crédit d'impôt
pour l'édition de livres
– Gestion SODEC.

Illustration de la couverture
et illustrations intérieures :
Catherine Trottier

Couverture :
Conception Grafikar

Édition électronique :
Infographie DN

DANGER
LE
PHOTOCOPILLAGE
TUE LE LIVRE

Dépôt légal : 2e trimestre 2003
Bibliothèque nationale du Canada
Bibliothèque nationale du Québec

1234567890 IML 09876543

Snéfrou, le scribe

COLLECTION
PAPILLON

Données de catalogage avant publication (Canada)

Gauthier, Evelyne, 1977-

    Snéfrou, le scribe

    (Collection Papillon ; 95)
    Pour les jeunes de 10 ans et plus.

    ISBN 2-89051-851-5

    I. Titre II. Collection : Collection Papillon (Éditions
    Pierre Tisseyre) ; 95.

PS8563.A849S63 2003   jC843'.6   C2003-940503-6
PS9563.A849S63 2003
PZ23.G38Sn 2003

Snéfrou,
le scribe

roman

Evelyne Gauthier

ÉDITIONS
PIERRE TISSEYRE

5757, rue Cypihot, Saint-Laurent (Québec) H4S 1R3
Téléphone : (514) 334-2690 – Télécopieur : (514) 334-8395
Courriel : ed.tisseyre@erpi.com

1

L'éveil

— **M**on jeune maître, il est temps de vous lever !

Snéfrou ouvre les yeux. C'est Nebtou, sa nourrice, qui le secoue. Soulevant le morceau de toile recouvrant l'étroite fenêtre de sa chambre, il jette un coup d'œil à l'extérieur. Dehors, les premiers rayons de Râ*, le dieu-soleil, pointent à l'horizon. Snéfrou se lève. Avec l'aide de Nebtou, il se lave avec l'eau que cette dernière a apportée dans une grande cuvette. Il regarde sa nourrice et hume sa peau qui sent bon le jasmin. Il se coiffe, drape son pagne* de lin autour de sa taille, et chausse ses sandales de cuir.

Snéfrou admire son reflet dans la glace. Son crâne presque entièrement rasé luit à la lumière. Une queue de cheval noire, sur le côté de sa tête, lui chatouille l'épaule droite. À son cou pend un oudjat* fait de faïence bleue, porte-bonheur que sa mère lui a donné à son dernier anniversaire. Cette amulette est très précieuse pour lui. Snéfrou porte ce bijou plus fièrement qu'aucun autre qu'il a porté auparavant.

Snéfrou sourit à la pensée qu'à peine deux ans plus tôt, il se promenait toute la journée sans le moindre vêtement, comme le font encore certains de ses frères et sœurs.

Il va rejoindre sa famille dans la salle commune. Son père, Amasis, sa mère, Nanéfer, sa sœur, Inénou, ainsi que quelques serviteurs s'y trouvent déjà. Âgé de onze ans, Snéfrou est l'aîné de la famille.

Inénou, la plus vieille des filles, a deux ans de moins que lui. Plus tard, elle espère devenir prêtresse d'Hathor* la déesse de l'Amour et de la Beauté. Snéfrou et Inénou, les seuls en âge d'aller à l'école, sont parmi les premiers levés.

Nanéfer porte une robe de lin fine et un collier de verre coloré et de faïence bleue. Malgré le fait que sa robe soit très ample, Snéfrou peut voir le ventre arrondi de sa mère qui attend son sixième enfant. Les serviteurs s'affairent autour de la table, apportant la nourriture dans des bols.

Snéfrou salue respectueusement son père et sa mère. Puis il s'assoit à la table. Amasis prend la parole:

— Alors? J'ai appris que tu as beaucoup étudié ces derniers temps. C'est très bien! Penses-tu pouvoir te démarquer de tes camarades de classe?

— Oui, père, dit Snéfrou. Je veux être le meilleur scribe* de la classe!

Nanéfer sourit.

— Fais de ton mieux, Snéfrou, ajoute-t-elle. C'est ce qui est le plus important. Et surtout, n'oublie pas que la paresse est le pire défaut, ne te laisse jamais tenter par elle.

Les serviteurs ayant fini de déposer la nourriture sur la table, tout le monde commence à manger. Snéfrou engloutit rapidement un gâteau au miel, tandis que ses parents dégustent du pain et des fruits. Inénou, quant à elle, mange un petit morceau de pain avec quelques figues. Son bol de lait de chèvre terminé, Snéfrou court chercher sa tablette, ses godets et ses pinceaux dans sa chambre.

Après avoir salué de nouveau ses parents, il prend le chemin de l'école. Franchissant la cour centrale et l'entrée principale de la maison, il se retrouve rapidement dans la rue et aspire une grande bouffée d'air frais. De subtils mélanges d'épices et de fleurs lui parviennent aux narines.

L'école se trouve tout près. Fils d'un membre de l'aristocratie, Snéfrou

a le privilège d'aller à l'école avec les enfants de la cour.

Dans les maisons, les gens s'éveillent peu à peu, tandis que les paysans sont déjà au travail dans les champs. Sur la rive du Nil*, des hommes puisent de l'eau avec des chadoufs*. Les chadoufs sont si faciles à manœuvrer que les hommes ne semblent pas faire le moindre effort pour soulever des quantités d'eau pourtant considérables. Lentement, la ville de Thèbes* s'anime. Dans le ciel, le soleil levant colore la brume de rose et d'orangé.

Le soleil n'est pas encore complètement levé lorsque Snéfrou franchit le seuil de l'école. Peut-être aura-t-il le temps de jouer à senet*, son jeu préféré, avec ses amis Hapouséneb et Merit-Neith avant que l'étude commence. Hérouben et Merit-Neith, la cousine de Snéfrou, sont les seules filles de l'école. La belle et grande Hérouben, aux cheveux d'ébène et à la peau de cuivre, est la fille aînée d'un conseiller du pharaon*. Tous les élèves la traitent avec le plus grand respect.

Merit-Neith et Hapouséneb sont les meilleurs amis de Snéfrou. Tous les trois ont le même âge et ils se connaissent depuis l'enfance. Hapouséneb est physiquement très semblable à Snéfrou. Certains les prennent parfois même pour des frères. Merit-Neith est vêtue d'une petite robe de lin blanc. Ses cheveux attachés en multiples tresses tombent sur ses épaules.

Lorsque Snéfrou arrive dans la cour d'école, Hapouséneb et Merit-Neith sont déjà en train de jouer à senet. Il observe ses deux amis tout en se retenant de ne pas leur donner de conseils.

— Par Horus*! Ce que je donnerais pour aller me tremper les pieds dans le Nil plutôt que de rester ici à étudier! s'exclame soudain Hapouséneb. N'importe quoi plutôt que d'écouter la voix ennuyeuse de maître Montouhotep!

— Vas-tu cesser de ronchonner un jour! rétorque Merit-Neith. Tu devrais plutôt te réjouir, Hapouséneb. Bien peu de gens ont la chance d'apprendre à lire et à écrire. Nous sommes très privilégiés et nous devrions en remercier les dieux plutôt que de nous plaindre.

— De toute façon, c'est tout de même mieux que d'être paysan et de travailler dans les champs toute la journée au soleil, ajoute Snéfrou. Le métier de scribe est le meilleur métier du monde, maître Montouhotep l'a dit.

— Bien sûr qu'il le dit! Ça l'aide à nous faire avaler ses salades plus facilement! réplique Hapouséneb. On voit bien que ce n'est pas vous qui passez toute la journée à subir ses reproches!

— Maître Montouhotep ne t'en ferait pas autant si tu faisais plus d'efforts, affirme Merit-Neith. Moi, je trouve que parfois tu les mérites, ces remontrances.

Hapouséneb n'a pas le temps de répliquer, car maître Montouhotep fait son entrée. Tous les élèves s'assoient en tailleur sur des nattes, à même le sol. Le maître est un homme très grand, au visage long et sec et aux traits sévères. Ses yeux noirs et perçants voient toujours tout, et rien ne lui échappe. Très sévère envers ceux qui sont paresseux, il se révèle plutôt aimable envers ceux qui travaillent fort et bien.

Snéfrou a beaucoup d'admiration pour Montouhotep, car il sait tout. Il n'y a pas de problème auquel il ne trouve de solution, et pas de question dont il ne connaît la réponse. Snéfrou espère qu'il sera aussi savant et sage que son maître lorsqu'il sera grand.

Comme il l'a déjà fait maintes fois, Montouhotep vante à ses élèves les qualités du métier de scribe. Selon ses dires, le paysan devient courbaturé à force de travailler dans son champ, le soldat doit combattre et risquer sa vie loin de sa maison et l'artisan use ses mains à force de travailler avec ses outils.

Le scribe, quant à lui, est un personnage souvent riche et toujours respecté, qui entre parfois dans les faveurs du pharaon et possède beaucoup de pouvoirs.

Snéfrou fait un clin d'œil à Hapouséneb et lui sourit en entendant maître Montouhotep reprendre les mêmes arguments que lui. Le garçon hausse les épaules en faisant la moue.

2

L'école

Maître Montouhotep choisit un papyrus*. À ce signal, tous les élèves saisissent leur tablette, leur pinceau, ainsi que les ostracas*, sur lesquels ils doivent écrire. Montouhotep commence alors à lire le texte écrit sur le papyrus. Attentifs, tous les élèves transcrivent la dictée sur leur ostraca.

— Je me demande quand nous pourrons écrire sur de vrais papyrus, chuchote Merit-Neith à l'oreille de Snéfrou.

Maître Montouhotep interrompt soudainement sa lecture et fixe Merit-Neith de ses yeux perçants.

— Y a-t-il quelque chose que vous aimeriez partager avec le reste de la classe, jeune fille ? lance-t-il froidement.

— Heu... je... je me demandais quand nous aurions le droit d'écrire sur des papyrus, maître Montouhotep.

Aussitôt qu'elle a posé la question, Merit-Neith regrette son audace. Pour sa part, Snéfrou est convaincu que maître Montouhotep va se fâcher et la punir d'avoir interrompu la leçon pour poser une telle question. À sa grande surprise, maître Montouhotep sourit.

— Il faut être patient, Merit-Neith. Vous allez devoir vous contenter encore longtemps d'écrire sur des ostracas.

Un autre élève lève la main.

— Oui, Psousennès ?

— Maître, pourquoi ne peut-on pas écrire tout de suite sur des papyrus ?

— Parce que le papyrus coûte très cher, Psousennès. On ne peut donc pas l'utiliser n'importe comment. Vous ne maîtrisez pas encore assez bien l'art de l'écriture pour que l'on vous permette de faire de simples exercices sur du papyrus. Ce serait du gaspillage. Vous devrez donc vous pratiquer encore quelque temps sur des ostracas. Maintenant, assez parlé. Retournons à notre leçon.

Un peu déçus, tous les élèves soupirent. Maître Montouhotep reprend sa lecture.

Pendant deux heures, Snéfrou et ses camarades de classe transcrivent minutieusement chaque hiéroglyphe* sous la dictée de Montouhotep.

Après cet exercice vient la leçon de dessin. Chaque jour, c'est ainsi. Aujourd'hui, il s'agit de représenter les dieux, afin de bien se souvenir de chacun d'eux. Maître Montouhotep a minutieusement enseigné à ses élèves comment les dessiner. Les scribes doivent suivre la tradition et toujours les dépeindre de la même façon, afin

que tous, même ceux qui ne savent pas lire, puissent les reconnaître au premier coup d'œil.

Snéfrou commence à dessiner un homme à tête de faucon pour représenter Horus, puis une femme à tête de vache pour Hathor*, un homme à tête de chacal pour représenter Set*, un homme momifié pour représenter Osiris*, et un homme à tête d'ibis pour représenter Thot*.

Maître Montouhotep affirme que l'écriture hiéroglyphique possède des pouvoirs magiques. Car celui qui inscrit le nom d'une personne ou d'un objet dans la pierre fixe son esprit pour l'éternité. Il dit également que le scribe qui dessine un hiéroglyphe donne vie à celui-ci.

À midi, lorsque le soleil est au plus haut dans le ciel, la classe est terminée pour la journée. La chaleur est écrasante. Tous les élèves rentrent chez eux, car il fait trop chaud l'après-midi pour étudier. À cette heure-ci, les rues sont presque désertes, car tous se terrent dans leur maison pour échapper aux redoutables rayons de Râ.

Hapouséneb et Merit-Neith décident d'aller nager dans le Nil avant d'aller chez eux. Ils demandent à Snéfrou s'il désire les accompagner, mais celui-ci refuse leur invitation.

— Pourquoi ne veux-tu pas venir ? Ce n'est pas comme s'il y avait quelque chose de mieux à faire, dit Hapouséneb.

— Je dois faire mes devoirs et apprendre mes leçons tout de suite, s'excuse Snéfrou. Demain, je pars très tôt avec mon père à la chasse. Il a réussi à obtenir du maître que je m'absente une matinée.

— Chanceux ! Au revoir, Snéfrou.

Après un dernier salut, Hapouséneb et Merit-Neith s'éloignent en courant et en riant.

Snéfrou se dépêche. Il a hâte d'arriver chez lui. Il longe le grand temple qui se trouve juste à côté de l'école. Il s'arrête un instant pour contempler les grands pylônes*, ornés de bas-reliefs*. L'intérieur du temple, où seuls les prêtres ont le droit d'entrer, à quoi peut-il bien ressembler?

Snéfrou voit sa maison. Les grandes colonnes de chaque côté de l'entrée ressemblent à des palmiers et sont peintes en brun et en vert. Lorsqu'il pénètre chez lui, Snéfrou soupire d'aise. À l'intérieur, l'air est frais et tout est reposant.

Dans la salle commune, Snéfrou lève la tête au plafond, peint en bleu ciel. Dans un coin de la pièce, Nanéfer, est en train d'apprendre à ses sœurs Inénou, Aménirdis et Nébet à filer le lin.

Son petit frère Sinouhé s'amuse à pourfendre des ennemis imaginaires avec une épée de bois dans le jardin.

Snéfrou salue sa famille, puis s'enferme dans sa chambre après avoir pris un gâteau au miel et une grappe de raisin. Il sort son matériel de scribe, puis fait ses devoirs tout en grignotant. Quelques heures plus tard, il s'endort.

3

La chasse

Aux premières lueurs de l'aube, Snéfrou se lève pour rejoindre son père. Bien que ce ne soit pas la première fois qu'il l'accompagne à la chasse, c'est toujours une occasion mémorable pour lui.

Aux limites de la ville, Snéfrou et son père montent sur un char, attelé à deux chevaux. Sur le bord du Nil s'étendent de grands champs, puis,

dès que les canaux d'irrigation s'arrêtent, c'est le désert où rien ne pousse.
Sur le bord de l'eau se balancent des
pousses de papyrus et des palmiers.
Par-delà le désert s'étendent de grandes
montagnes.

Snéfrou observe Râ qui se lève à
l'est. À l'horizon, le ciel est teinté d'or.
Au petit matin, il aime beaucoup fixer
le soleil le plus longtemps possible en
plissant des yeux et observer les
changements de couleur de ce dernier
à mesure qu'il s'élève dans le firma-
ment. Le regarder passer du rouge à
l'orangé, au rose, et finalement au
jaune presque blanc, alors qu'il est
au zénith.

La plupart des gens n'observent
pas le soleil, ou n'y prêtent pas attention ; il n'est, pour eux, qu'un banal
compagnon. Mais Snéfrou a l'impression qu'à chaque jour qui se lève, c'est
un nouvel ami qui apparaît.

Non loin de Snéfrou et de son père,
le jeune pharaon Toutânkhamon* et
son vizir*, le vieil Aÿ, sont montés sur
un autre char. Le pharaon est très

jeune. Il n'a que six ans de plus que Snéfrou. Cependant, tout le monde le traite avec tout le respect dû à son rang divin.

En tant que membre du conseil royal, Amasis a souvent des contacts avec le pharaon. Il est dans les faveurs du jeune souverain.

Le pharaon porte de très beaux vêtements. Il n'a que quelques bijoux, mais ceux-ci brillent de mille feux au soleil. Ses grands yeux noirs semblent pénétrer tous ceux qu'il regarde jusqu'au plus profond de leur être. C'est un être fier. Parfois très douce, sa voix peut être forte et autoritaire lorsqu'il donne des ordres. Intimidé par tant d'autorité et de majesté, Snéfrou n'ose pas le regarder en face.

D'autres proches du roi et quelques gardes se tiennent deux par deux sur des chars. La plupart sont armés d'arcs. Lorsque les attelages sont prêts, le pharaon donne le signal et tous s'élancent dans un nuage de poussière en direction du désert.

Snéfrou s'accroche fermement au rebord du char. Amasis conduit les chevaux de main de maître. Le chemin est cahoteux et les chasseurs sont fortement secoués. Mais Snéfrou n'en est pas à sa première expérience et il se maintient de mieux en mieux sur le véhicule.

Par chance, il est très tôt et Râ est encore bas à l'horizon. Mais Snéfrou sait que dans quelques heures, il sera à son zénith. Les chars soulèvent de la poussière et du sable, formant de gros nuages sur leur passage.

Après avoir tué et capturé quelques gazelles, le groupe poursuit son chemin vers une autre harde. Le soleil monte dans le ciel et la chaleur devient de plus en plus intense.

Soudain, le char du jeune roi fait une embardée et se renverse brusquement sur le côté, éjectant ses occupants. Perdus dans un nuage de poussière, ils ne sont plus visibles. Affolés, Amasis et sa suite conduisent rapidement leur attelage près du lieu de l'accident pour porter secours au pharaon. Snéfrou est bouleversé. Est-il mort? Est-il gravement blessé?

Rapidement, on aide le vieil Aÿ à se relever. Il semble secoué, mais, miraculeusement, il est indemne. Immédiatement, le vizir s'enquiert de la santé du pharaon. Au grand soulagement de tous, Toutânkhamon est vivant, lui aussi. Bien que légèrement blessé, son état n'inspire aucune crainte. Deux soldats de sa suite le relèvent et le soignent.

Amasis inspecte le véhicule accidenté. L'une des roues est brisée. Plusieurs nobles l'examinent à leur tour et murmurent entre eux. Snéfrou remarque qu'ils sont inquiets. Le char du pharaon étant inutilisable, le pharaon prend place dans celui d'Amasis tandis que son vizir grimpe avec d'Ounsamontou, un autre membre du conseil royal.

La petite troupe rentre au palais. Tout le long du trajet, Snéfrou se tient à la droite de son père, tandis que le pharaon est à sa gauche. Snéfrou se sent quelque peu mal à l'aise. Il devine

le regard profond du jeune Toutânkhamon posé sur lui. Pour rien au
monde, il n'oserait le regarder en face.

À Thèbes, Amasis ordonne à Snéfrou de regagner la maison immédiatement. Il doit accompagner le pharaon jusqu'au palais royal pour une
réunion d'urgence. Le garçon est plutôt inquiet ; son père semble très
tendu. Quand Amasis rentre quelques
heures plus tard, il ne paraît pas plus
serein.

— Que se passe-t-il, père ? s'enquiert Snéfrou.

— Le char du pharaon, vie, santé
et force à lui, a été passé au peigne fin.
Nous pensons qu'il y a eu sabotage,
murmure Amasis.

— Le char du pharaon aurait été
saboté ! s'écrie Hapouséneb.

— Chut ! Tais-toi ! lui ordonne
Snéfrou. Il ne faut pas que l'on nous
entende.

Snéfrou regarde autour de lui pour s'assurer que les autres élèves de la classe n'ont rien entendu.

— C'est un secret d'État, nous ne devrions même pas en parler, dit-il à voix basse.

— Mais c'est terrible, tout de même, reprend son amie en chuchotant. Que va-t-il se passer ? Et qui a bien pu faire une chose pareille ?

— Je n'en sais rien.

— Attention, les enfants ! gronde maître Montouhotep. Maintenant, je ne veux plus entendre un seul bruit ! Si l'un d'entre vous dit le moindre mot ou tente de faire le malin, il sera sévèrement puni.

Ce matin-là est spécial. Au lieu de recopier des hiéroglyphes pendant des heures, les apprentis scribes vont faire quelque chose de tout à fait différent aujourd'hui. Montouhotep a obtenu l'autorisation d'emmener toute la classe assister à une réunion diplomatique entre le pharaon, son conseil royal et une ambassade des Hittites*.

Plus tard, ils devront assister à des réunions politiques mondaines et prendre note de tout ce qui s'y passera. Cela fera partie de leur tâche. Mais, pour l'instant, ils ne feront qu'observer et écouter.

Snéfrou ne connaît que très peu de choses au sujet des Hittites, mais il sait que c'est un peuple très puissant, qui vit sur un vaste territoire au nord-est de l'Égypte. Les Égyptiens et les Hittites ont souvent des relations très tendues, et certaines personnes parlent même d'une guerre imminente.

Le pharaon est assis sur un trône de bois plaqué de feuilles d'or, aux appuis-bras ornés de fleurs de lotus et aux pieds en forme de pattes de lion. Il est entouré de ses conseillers. Amasis est parmi eux. Snéfrou jette un coup d'œil dans l'antichambre de la salle du trône. Il ne peut pas bien voir, car il y fait un peu sombre, mais il aperçoit des gens qui lui semblent plutôt curieux. Ils ont l'air de discuter avec quelqu'un, mais Snéfrou ne peut pas discerner leur interlocuteur, car il est dissimulé par une colonne.

Les émissaires hittites entrent finalement dans la salle du trône. Snéfrou les trouve très bizarres. Ils portent de longues robes colorées et de grands casques dressés sur leur tête. Leurs cheveux et leurs barbes sont longs et frisés. De plus, ils sont couverts de bijoux très curieux.

Sur le côté du corps, ils tiennent de longues épées recourbées, faites d'un métal gris* inconnu des Égyptiens. Snéfrou n'en a jamais vu de semblables. Les soldats égyptiens, eux, portent des épées de bronze.

Soudain, un des conseillers du pharaon apparaît près de la colonne, à l'endroit précis où la délégation hittite se trouvait auparavant. Snéfrou le voit maintenant très nettement. Était-ce lui, le mystérieux interlocuteur qu'il ne pouvait identifier? Impossible de le dire, mais le garçon se sent soudain rempli de méfiance envers l'individu. Merit-Neith le regarde avec méfiance, elle aussi. A-t-elle vu la même chose que lui? Alors ce ne serait pas le fruit de son imagination?

Les Hittites déposent des présents devant le pharaon, qui les accepte avec grâce. Des bijoux, des statuettes, des vases et même des animaux! Cependant, Snéfrou remarque que la situation reste plutôt tendue. Les rapports entre le pharaon et la délégation hittite ne semblent pas très bons et les négociations de paix s'annonceront sans doute difficiles.

Chacun leur tour, le pharaon et les représentants hittites formulent leurs demandes. Pendant plusieurs heures, ils discutent vivement. Snéfrou ne comprend pas tout, mais il saisit que certains territoires sont la cause de leur désaccord. Il aimerait bien poser des questions à quelqu'un pour mieux comprendre, mais Montouhotep leur a strictement interdit d'ouvrir la bouche et il n'oserait jamais aller à l'encontre des ordres du maître.

Après quelques heures de négociations, la délégation hittite plie bagage. Elle transmettra les désirs du pharaon

à son souverain, le roi Mursili II*. Snéfrou devine qu'il n'y a pas eu d'entente entre Touthânkhamon et les Hittites. Son cœur se serre.

Montouhotep parvient mal à dissimuler son inquiétude. À voix basse, il ordonne à la classe de se lever et de quitter les lieux sans déranger les dignitaires.

Mais, soudain, avant que tous aient le temps de sortir, Toutânkhamon se lève et se dirige directement vers Snéfrou. Complètement figé sur place, le jeune scribe est incapable de bouger. Il est si surpris qu'il en oublie de s'agenouiller devant le pharaon comme l'exige le protocole de la cour.

Le jeune souverain ne semble pas s'en formaliser outre mesure. Il lui sourit.

— Bonjour, Snéfrou. Comment vas-tu?

Snéfrou voudrait bien répondre, mais les mots restent bloqués dans sa gorge. Merit-Neith lui donne un coup de coude dans les côtes et il réussit finalement à balbutier quelques mots.

— J'ai trouvé que tu te comportais très bien à la chasse avec ton père. Pensez-vous y retourner bientôt ?

— Heu... heu... je... je crois, oui, répond Snéfrou, tant bien que mal.

— C'est bien. Alors, nous te reverrons bientôt parmi nous, n'est-ce pas ?

— Oh oui ! Ça, c'est sûr, bafouille le garçon.

Le sourire du jeune pharaon s'élargit.

— J'ai été heureux de te revoir, Snéfrou.

— Moi... moi aussi, Votre Majesté.

Juste avant que le pharaon ne parte, Snéfrou se rappelle soudain du protocole de la cour et il s'agenouille sur le sol en signe de respect. Lorsque le jeune roi s'éloigne, Merit-Neith et Hapouséneb explosent littéralement :

— Tu as vu ça ! Il t'a parlé ! Le pharaon t'a parlé ! Incroyable ! Ce n'est pas à moi que ça risque d'arriver, en tout cas ! se plaint Hapouséneb.

— Et il t'a complimenté en plus ! Chanceux, ce n'est pas juste ! s'écrie Merit-Neith.

Snéfrou est totalement éberlué. Il a l'impression de flotter sur un nuage. Le pharaon, maître des deux terres et incarnation du dieu sur terre, lui a parlé ! Et, mieux encore, il s'est même souvenu de son nom !

Il remarque alors que toute la classe le fixe avec de grands yeux ronds. Et même Maître Montouhotep a l'air totalement abasourdi.

4

Le cadeau

Plusieurs jours ont passé. Les menaces de guerre s'éloignent et elles sont rapidement oubliées pour Snéfrou. Il a l'impression que tout ira pour le mieux et que le pharaon trouvera un moyen de tout arranger.

À l'école des scribes, les études vont bon train. Snéfrou a nettement l'impression de savoir de plus en plus de choses et les hiéroglyphes qu'il a appris par cœur lui sont de plus en plus utiles. Au lieu d'être des symboles inertes à répéter des centaines de fois, il peut enfin faire des phrases avec ces signes et ceux-ci semblent soudain prendre vie.

Plus le temps passe, plus il aime ce qu'il apprend. Même Hapouséneb se plaint moins qu'avant et commence enfin à apprécier la valeur de leur apprentissage.

Pourtant, ces derniers temps, Snéfrou n'a pas tellement la tête à l'école. Tout d'abord, il y a la grossesse de Nanéfer qui le préoccupe. Puis l'anniversaire de son père arrive bientôt et le garçon voudrait bien lui présenter un cadeau particulier pour l'occasion.

— Que voudrais-tu donc lui offrir? demande Merit-Neith, alors que les trois amis se prélassent au bord du Nil en s'y trempant les pieds.

— J'aimerais lui donner quelque chose de spécial, un objet qui sorte vraiment de l'ordinaire.

— Un pectoral*? Des bracelets? propose Hapouséneb.

— Non. C'est trop banal. Je cherche une chose qui lui fera vraiment plaisir.

— Qu'est-ce que ton père aime vraiment ? demande Merit-Neith.

Snéfrou réfléchit en tordant sa queue de cheval. C'est toujours ce qu'il fait lorsqu'il réfléchit.

— Je sais ! Mon père aime beaucoup la chasse. Je pourrais lui donner un objet qui a un rapport avec la chasse.

— Tu pourrais peut-être lui acheter un arc, suggère Hapouséneb.

— Ça coûte bien trop cher, rétorque Merit-Neith. Il ne pourra jamais s'en procurer un.

— Et je suppose que tu as une meilleure idée, mademoiselle-je-sais-tout!

— Elle a raison, admet Snéfrou. Mais oui, j'ai trouvé! Mon père raffole de la viande de gazelle. Si j'en chassais une, je pourrais la lui donner. J'ai déjà assisté à plusieurs chasses, je sais ce qu'il faut faire. Et j'ai déjà utilisé un arc plusieurs fois.

— C'est une bonne idée, mais quand vas-tu pouvoir chasser la gazelle? dit Merit-Neith. Le jour, nous sommes à l'école et après, il faut faire nos devoirs. Tu n'auras jamais le temps.

— Il faudra que je chasse de nuit, juste avant le jour de son anniversaire.

— Ça ne va pas! s'écrie Merit-Neith. C'est bien trop dangereux!

— Pas si vous venez tous les deux avec moi, réplique Snéfrou.

— Et puis, c'est l'idéal, ajoute Hapouséneb. La viande sera encore toute fraîche quand nous l'offrirons à Amasis.

— Allez, Merit-Neith. Je t'en prie.

— Je ne sais pas trop…

— Si tu nous assistes, Amasis t'en sera sûrement reconnaissant et pourra peut-être t'obtenir un poste important de femme-scribe plus tard, dit Hapouséneb.

— Bon, d'accord. Dis-moi quel est ton plan…

— L'anniversaire de mon père étant dans trois jours, il faudra donc aller chasser dans deux nuits. On se donne rendez-vous en face de chez moi vers neuf heures, quand il fera nuit noire. D'accord ?

— D'accord.

Deux jours plus tard, comme convenu, Snéfrou se couche dans son lit et attend. Quand il n'entend plus aucun bruit dans la maison, il s'habille silencieusement, prend sa cape de laine, son arc, son carquois et des

flèches. Il n'emporte que le strict néces-
saire. Sur le seuil de la porte, il se
ravise et prend son oudjat.

Lorsqu'il sort de sa chambre, tous
les membres de sa famille sont cou-
chés et dorment à poings fermés. Il
est sur le point de franchir la porte
d'entrée lorsque soudain, il entend
un bruit derrière lui.

— Snéfrou? Que fais-tu là? mar-
monne Inénou, à moitié endormie.

Le garçon soupire presque de soulagement. Un instant, il a cru que
c'étaient ses parents ou peut-être
même Ouserkaf, le fidèle serviteur de
son père. Si ce dernier l'avait surpris
debout, en pleine nuit, il aurait cer-
tainement eu de gros ennuis.

— Et toi? Pourquoi es-tu levée à
cette heure-ci? rétorque Snéfrou.

— Je suis allée grignoter des fruits
aux cuisines, j'avais faim.

Inénou examine son frère tout habillé, son arc à la main.

— Tu n'as toujours pas répondu à
ma question. Que fais-tu donc là? Et
pourquoi es-tu équipé ainsi?

— Ce… ce n'est rien d'important, retourne te coucher, Inénou.

— Si tu ne me dis pas ce que tu es en train de manigancer, je cours prévenir papa et maman !

Un bruit se fait entendre à l'étage supérieur. L'ont-ils entendu ? S'ils le surprennent ainsi, c'en est fini de son projet, c'est sûr ! Finalement, au grand soulagement de Snéfrou, le bruit cesse et le silence retombe sur la maison.

— Pas la peine de parler si fort, chuchote Snéfrou à sa sœur. Écoute…

Snéfrou réfléchit. Qu'est-ce qu'il pourrait bien inventer ? Aucune histoire ne lui semble assez crédible pour expliquer le fait qu'il soit habillé en pleine nuit, avec son arc et son carquois. Finalement, il se résigne à dire la vérité à sa sœur, même si elle semble plutôt farfelue.

— Je vais chasser avec Hapouséneb et Merit-Neith.

— En pleine nuit ?

Snéfrou pousse un soupir d'impatience. Il commence à être terriblement nerveux. Le temps passe et si, ça continue, son plan risque de tomber à l'eau.

— C'est pour faire un cadeau à papa! Je voudrais lui rapporter une gazelle et la lui donner demain matin. Je t'en supplie, Inénou, ne dis rien, je veux lui faire la surprise.

— Hum... Bon, d'accord. Mais à une condition.

— Laquelle?

— Je veux que tu dises que ce cadeau est aussi de ma part.

Snéfrou est exaspéré. Inénou veut profiter des honneurs du cadeau qu'il fera à son père, même si elle n'aura rien fait du tout. Il n'aime pas cette idée, mais tant pis! Dans les circonstances actuelles, il est prêt à céder sur ce point. Il n'a pas tellement le choix.

— Bon, c'est d'accord!

— Par contre, si les choses tournent mal et que tu te fais attraper, moi, je ne suis pas dans le coup, ajoute-t-elle avec malice.

— Bon, bon, comme tu voudras. Maintenant, retourne te coucher et laisse-moi partir. Je suis en retard.

— Ça va, ça va.

Inénou remonte se coucher sans faire de bruit. Snéfrou se précipite vers la porte. Enfin! Il a le goût de crier sa joie et son soulagement. La première partie de son plan s'est assez bien déroulée, malgré cet imprévu. Le garçon traverse la cour intérieure et se retrouve finalement hors du mur d'enceinte entourant la maison. Il distingue la silhouette d'Hapouséneb qui l'attend, fidèle au rendez-vous. Mais Merit-Neith n'est pas là.

5

Une chasse nocturne

— **O**ù est Merit-Neith ? demande Snéfrou.

— Je n'en sais rien. Dis donc, tu en as mis du temps !

— Je suis tombé sur Inénou. Il a fallu que je négocie avec elle pour qu'elle se taise.

Hapouséneb fronce les sourcils mais ne dit rien. Ce que Snéfrou a dû négocier pour qu'Inénou le laisse sortir ne le regarde pas. Plusieurs minutes passent. Les deux garçons trépignent d'impatience, mais toujours pas le moindre signe de Merit-Neith. Snéfrou commence à désespérer.

— Que fait-elle ?

— Peut-être qu'elle s'est fait prendre ou qu'elle s'est dégonflée à la dernière minute, suggère Hapousénebe.

Merit-Neith a pu se faire surprendre par ses parents, en effet. Mais qu'elle se soit dégonflée serait très surprenant. Snéfrou connaît bien Merit-Neith, ce n'est pas son genre. C'est une fille qui n'a pas froid aux yeux et elle n'aurait pas abandonné à moins d'avoir une bonne raison.

Les deux apprentis scribes continuent à regarder à gauche et à droite, mais ne voient toujours rien. Soudain, une petite silhouette surgit d'un coin de rue et se dirige vers eux en courant. Aucun doute : c'est Merit-Neith. Snéfrou et Hapousénebe soupirent de soulagement. Ils remarquent, alors qu'elle s'approche d'eux, une forme étrange sur son poing. Lorsqu'elle est tout près, ils voient enfin ce qu'elle apporte avec elle : un faucon !

— Je suis désolée, dit Merit-Neith, tout essoufflée. J'ai eu beaucoup de difficulté à récupérer notre faucon, Hars-Isis. Mon père l'avait enfermé dans la volière. Ça n'a pas été facile, mais je l'ai eu.

— Par Anubis*! Pourquoi t'es-tu donné tant de mal pour apporter ce maudit oiseau ? dit Hapouséneb en reculant de quelques pas, car il a toujours eu un peu peur d'Hars-Isis.

— Il va nous être d'une grande aide pour chasser, voyons, réplique Merit-Neith.

— Bon, nous avons assez perdu de temps, allons-y, murmure Snéfrou.

Rapidement, les trois amis sortent de la ville de Thèbes et se dirigent vers le désert. Les deux garçons sont armés d'arcs et de flèches tandis que Merit-Neith traîne une lance de bronze.

Le trio marche pendant une heure et demie dans le désert à la recherche d'une gazelle qu'ils pourraient chasser. De temps à autre, Merit-Neith lâche Hars-Isis dans le ciel, mais l'oiseau revient toujours sans donner le moindre signe qu'il a trouvé une proie. Malgré sa cape de laine, Snéfrou frissonne. Et dire qu'Inénou est dans son lit, bien au chaud, tandis que lui passe la nuit à se geler. Il rage en pensant que sa sœur profitera des honneurs du cadeau au même titre que lui.

Tout au long du trajet, Hapouséneb s'est arrangé pour se tenir à la droite de Snéfrou, loin de Merit-Neith et de son oiseau. Snéfrou réprime un sourire en pensant à la peur enfantine qu'Hapouséneb éprouve pour un si merveilleux rapace.

Hapouséneb referme son manteau de laine en frissonnant. Si les journées sont étouffantes dans le désert, les nuits sont en revanche très froides. Il commence à avoir hâte de rentrer chez lui.

Les jeunes amis marchent depuis près de deux heures quand, soudain,

Hars-Isis revient en poussant des cris aigus.

— Ça y est! Il a découvert quelque chose! s'écrie Merit-Neith avec enthousiasme.

— Ça se trouve derrière cette grande butte, là-bas. Allons-y! dit Snéfrou en s'élançant.

Les trois amis se précipitent. À peine sont-ils rendus au sommet du promontoire qu'ils s'aplatissent sur le sol en se retenant pour ne pas lâcher un cri de surprise.

6

Une surprise
de taille

Derrière la butte se tient un important groupe d'hommes armés de longues épées recourbées faites de métal gris. Ils ont des robes colorées et de longs cheveux frisés. Plusieurs chars tirés par des chevaux les accompagnent. Aucun doute, ce sont des

Hittites ! Les trois amis retiennent leur souffle.

Les Hittites semblent en pleins préparatifs. La moitié des hommes sont déjà montés sur leurs chars et les autres s'activent autour de leurs armes. À la lueur de quelques feux de camp qui brûlent faiblement, leurs visages paraissent difformes et affreux, et leurs yeux, noirs et perçants.

— Par Sebek*! chuchote Hapouséneb. C'est une véritable armée ! Que vont-ils faire ?

— On dirait qu'ils se préparent à attaquer la ville de Thèbes, dit Merit-Neith.

— C'est terrible ! Il faut prévenir les gardes ! s'écrie Snéfrou.

— Oui, mais comment ? Ils sont à cheval et nous sommes à pied. Ça va nous prendre presque deux heures pour retourner à Thèbes. Les Hittites y seront bien avant nous.

Les jeunes scribes essaient de réfléchir. Ils doivent absolument trouver un moyen d'avertir les gardes de

Thèbes avant que les Hittites n'y arrivent.

Mais Snéfrou est bien trop affolé pour avoir les idées claires. Il pense à ses frères et sœurs qui dorment dans leurs lits sans avoir la moindre idée du danger qui les guette. Il pense à son père et particulièrement à sa mère, qui attend un autre enfant. Que leur arrivera-t-il si les Hittites attaquent la ville et que l'armée du pharaon ne peut les défendre? Vont-ils être emprisonnés, vendus comme esclaves ou, pire encore, tués?

Merit-Neith rampe discrètement jusqu'au bord de la butte pour observer les Hittites. Soudain, elle fait signe aux garçons de venir la rejoindre.

— Par Osiris! Venez voir!

Rapidement, ils s'approchent. Merit-Neith montre du doigt, aussi discrètement qu'elle le peut, un homme dans un char. Il est différent des autres. Et pour cause, c'est un Égyptien! Snéfrou le reconnaît immédiatement: c'est Nedjemou, le conseiller du pharaon qu'il avait vu parler à la délégation hittite lors de la rencontre diplomatique, quelques jours plus tôt.

— Par Maât*, ce sale type est un espion ! s'exclame Snéfrou. Je n'arrive pas à y croire. Comment peut-on trahir ainsi son propre peuple ?

— Je n'en sais rien, mais il le paiera cher, gronde Hapouséneb.

Soudain, les trois amis entendent des bruits de chevaux et de roues qui grincent. L'armée hittite s'ébranle en direction de la ville.

— Il faut trouver une solution, vite ! dit Merit-Neith. Les Hittites s'en vont !

Snéfrou réfléchit à toute allure. Il doit réfléchir à un moyen d'avertir les gardes égyptiens le plus rapidement possible. Soudain, il a une idée.

— Je sais ! s'écrie-t-il. Hars-Isis peut se rendre à Thèbes très vite. Il y sera sûrement à temps pour prévenir l'armée du pharaon.

— Oui, mais les faucons ne parlent pas, que je sache, rétorque Hapouséneb. Comment Hars-Isis va-t-il alerter les gardes de l'arrivée des Hittites ?

— C'est simple, nous allons écrire un mot et l'attacher à l'une de ses pattes.

— Écrire sur quoi ? Et comment ? demande encore Hapouséneb.

D'un geste décidé, Merit-Neith déchire le bas de sa robe.

— Sur ça, dit-elle.

— Maintenant, il ne nous reste plus qu'à trouver quelque chose avec lequel on puisse écrire, ajoute Snéfrou.

— J'ai trouvé ! affirme Hapouséneb en souriant.

Avec beaucoup de précautions, il sort de la cachette et s'approche du campement ennemi. Bien que les Hittites soient déjà loin et ne peuvent probablement pas le voir, il rampe le plus discrètement possible vers les feux de camp dont certains sont éteints. Il saisit un morceau de bois complètement noirci par la suie. Puis il retourne en vitesse vers ses deux amis.

— Voilà qui devrait faire l'affaire.

Rapidement, Snéfrou griffonne un message sur le morceau de tissu

donné par Merit-Neith : « Danger. Les Hittites vont attaquer cette nuit. » Puis la jeune fille roule le morceau de tissu sur lui-même et le noue à une patte d'Hars-Isis à l'aide d'un fil.

— Une minute !

Snéfrou enlève l'oudjat qui orne son cou et l'attache à la patte d'Hars-Isis.

— Ainsi, ils auront la preuve que c'est nous qui l'envoyons, dit-il.

Merit-Neith parle doucement à son oiseau en lui caressant les ailes.

— Allez, Hars-Isis, envole-toi, va prévenir les gardes du pharaon de l'arrivée des Hittites. Ta mission est importante. Qu'Osiris veille sur toi !

— Et qu'Horus leur fasse manger la poussière ! ajoute Hapouséneb.

L'oiseau s'envole dans un grand claquement d'ailes. Il a compris le message.

— Croyez-vous qu'il arrivera à temps ? Et que les gardes vont prendre l'avertissement au sérieux ? s'inquiète Merit-Neith.

— Je n'en sais rien, dit Snéfrou.

7

L'avertissement
d'Hars-Isis

Appuyé sur sa lance, Khéty somnole. Comme la plupart des gardes de nuit, il finit souvent par sommeiller pendant son travail.

Soudain, il se réveille en sursaut. Sa surprise est totale lorsqu'il voit un faucon posé sur son épaule.

— Qu'est-ce que c'est que ça?

Khéty remarque que quelque chose est attaché à une patte de l'oiseau. Il détache le tissu et l'oudjat. En déroulant le carré de lin, il découvre le message écrit par Snéfrou.

Khéty, cependant, n'a jamais appris à lire. Il n'a aucune idée de ce que ces petits dessins peuvent signifier. Pour lui, ça pourrait être n'importe quoi.

Le garde a malgré tout l'intuition qu'il s'agit de quelque chose d'important. Il va aussitôt déranger son chef et lui montre sa trouvaille.

Le chef des gardes ne sait pas lire, lui non plus. Il ordonne donc à Khéty d'aller réveiller Maya, le scribe royal, et de lui montrer le message. Lui saura bien le déchiffrer.

Khéty se précipite vers les appartements de Maya et frappe à la porte. Maya lui ouvre, à moitié endormi, les cheveux tout ébouriffés et les yeux bouffis.

— Par Anubis ! s'exclame-t-il. Qu'y a-t-il ? Pourquoi me réveilles-tu à cette heure de la nuit ?

— Je suis désolé de vous déranger en pleine nuit, maître Maya, mais nous venons de recevoir ce message attaché à la patte d'un faucon, dit Khéty en désignant Hars-Isis, toujours posé sur son épaule. C'est peut-être important.

Maya se frotte les paupières et cligne des yeux. Il commence à y voir un peu plus clair. Il prend le morceau de lin que lui tend Khéty et le parcourt rapidement. L'expression de son visage va de la surprise à l'incrédulité. Soudain, il a l'air tout à fait éveillé.

— De quoi s'agit-il? demande Khéty.

— C'est un message très important, répond Maya.

Sans ajouter un mot de plus, le scribe se précipite vers les quartiers royaux. Khéty ne comprend pas ce qui se passe, mais il décide de le suivre. Maya secoue les gardes qui se trouvent devant la porte.

— Vite! Je dois parler au pharaon de toute urgence! Allez chercher

le vizir Aÿ et le général Horemheb!
Dépêchez-vous!

Toutânkhamon sort de ses appartements, tout endormi lui aussi. Il se gratte le crâne en clignant des yeux.

— Que se passe-t-il, Maya?

Maya s'agenouille respectueusement devant son souverain.

— Toutes mes excuses, Majesté, de vous réveiller ainsi, mais nous venons de recevoir un message, attaché à la patte de ce faucon, accompagné de cet oudjat. Je ne sais pas s'il faut le prendre au sérieux, mais j'ai pensé qu'il était tout de même important de vous en faire part.

Le jeune roi saisit le morceau de tissu. Juste à ce moment, Aÿ et Horemheb arrivent à leur tour, avertis par les gardes.

— Par Osiris! s'exclame le pharaon après l'avoir lu.

— Que dit ce message, Votre Majesté? demande le général Horemheb, très inquiet.

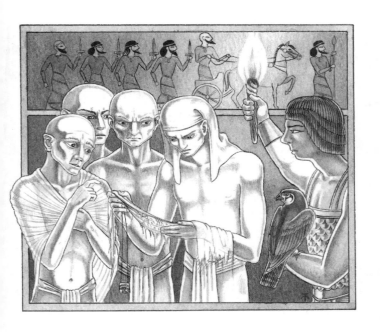

— C'est une mise en garde! Il est écrit: «Danger. Les Hittites vont attaquer cette nuit.»

— Peut-on vraiment prendre ce message au sérieux? demande Maya. Peut-être n'est-ce qu'une mauvaise plaisanterie.

— Nous devons toujours considérer les Hittites sérieusement, lance Horemheb.

— C'est vrai, mais réfléchissons avant d'agir et de faire n'importe quoi, ajoute le vieil Aÿ en examinant le message dans la main du pharaon.

— Ce morceau de lin semble provenir d'un vêtement égyptien, dit Toutânkhamon, pensif.

— En effet, les Hittites n'en portent pas de semblables. Et il y a cet oudjat qui l'accompagnait.

— Aucun Hittite n'aurait pu écrire ces hiéroglyphes, j'en suis certain, ajoute le pharaon.

— Dois-je réveiller mes hommes et leur ordonner de se mettre sur le pied de guerre, Majesté? Ça me semble la meilleure chose à faire, demande Horemheb.

— Nous savons que ce message est envoyé par un Égyptien, mais rien ne prouve son authenticité, soupire Maya.

— Peut-être. Mais je crois qu'il vaut mieux éveiller la garnison et nous tenir prêts à toute éventualité. Inutile de rester là, à ne rien faire. Nous pourrions nous en mordre les doigts si les Hittites nous attaquent réellement. Si c'est une mauvaise blague, nous en serons quittes pour quelques heures de sommeil en moins, dit Toutânkhamon.

— Voilà ce qui s'appelle parler avec sagesse, Votre Majesté, conclut le vieil Aÿ en s'inclinant.

— Toi ! ordonne Horemheb à Khéty, va réveiller la garnison. Explique la situation à ton chef et dis-lui de se préparer en conséquence.

— À vos ordres, général, dit Khéty en saluant.

Et il part aussitôt au galop.

8

L'issue du combat

Rapidement, les gardes thébains se préparent. En quelques minutes, ils sont habillés et armés. Mais la plupart d'entre eux sont encore un peu endormis.

Tout le monde scrute les limites de la ville à la recherche d'un signe qui confirmerait la présence des Hittites. Puis, soudainement, un des gardes pousse un cri.

Une ligne sombre se détache à l'horizon et semble s'approcher rapidement. Les Hittites ! Tous les gardes de Thèbes sont tendus et crispent les poings sur leurs armes. Le combat sera sans doute ardu.

Pendant ce temps, Snéfrou, Merit-Neith et Hapouséneb courent aussi vite que leurs jambes le leur permettent.

Pendant ce qui leur semble une éternité, les trois amis se déplacent aussi rapidement qu'ils peuvent, mais ils sont déjà très fatigués. Après un certain temps, ils doivent s'arrêter, car ils sont épuisés. Ils s'assoient sur le sol, complètement essoufflés.

Voilà plusieurs heures qu'ils sont debout sans avoir bénéficié des heures de sommeil dont ils auraient eu besoin. Ils se demandent ce qui a bien pu arriver. Les Égyptiens ont-ils réussi à repousser l'ennemi ? Ont-ils reçu le message et l'ont-ils pris au sérieux ? Qu'arrivera-t-il si les Hittites envahissent Thèbes ? Le pays sera sans doute à feu et à sang. Peut-être faudra-t-il vivre sous le joug hittite. Si ces derniers ne les tuent pas tous...

Les trois jeunes approchent des limites de la ville. Anxieux, ils scrutent les alentours, cherchant des traces de combat, et surtout des indices leur permettant de savoir qui en est sorti vainqueur.

Soudain, trois grandes silhouettes sur un char foncent vers eux. Tendus, les jeunes observent les adultes qui s'approchent. Snéfrou et Hapouséneb bandent leur arc. Merit-Neith tient fermement sa lance à deux mains. S'il le faut, ils sont prêts à se battre. Ils ne se laisseront pas prendre si facilement. Quelques instants plus tard, les trois jeunes soupirent de soulagement : ce sont des Égyptiens qui viennent à leur rencontre.

Parmi eux, Snéfrou reconnaît Ouserkaf, le serviteur de son père. Les trois hommes s'arrêtent à leur hauteur. Ouserkaf est d'une humeur exécrable.

— Snéfrou! gronde le serviteur. Voilà bien deux heures que je te cherche! Tes parents sont très inquiets. Et de plus, Nanéfer vient d'entrer en travail. Elle va accoucher dans les heures qui viennent.

— Elle va accoucher! répète Snéfrou, consterné.

— L'attaque des Hittites et ta chasse nocturne ont mis tes parents dans tous leurs états, poursuit Ouserkaf. Inénou n'a eu d'autre choix que de leur dire où tu te trouvais quand nous avons découvert ton absence. Ta mère était bouleversée. Toute l'agitation de cette nuit a provoqué chez elle de grosses contractions et les médecins disent que l'enfant va naître plus tôt que prévu.

— Heu… Et les Hittites? demande timidement Hapouséneb.

— Vaincus, il n'y a plus rien à craindre d'eux, maintenant. Tout ça grâce à vous, si j'ai bien compris.

Snéfrou, Merit-Neith et Hapouséneb se regardent, bouche bée. Comment Ouserkaf peut-il savoir qu'ils sont les auteurs du message?

— Et le traître? interroge Merit-Neith timidement.

— Il a été fait prisonnier par les gardes du pharaon et il va payer de sa vie sa trahison. Bon, en route maintenant, ajoute Ouserkaf d'un ton sans réplique. Suivez-moi.

Il regarde Snéfrou avec sévérité.

— Je vais d'abord te conduire auprès de tes parents. Puis j'irai raccompagner Merit-Neith et Hapouséneb chez eux. Je suis certain que leurs parents seront très soulagés de les revoir.

Ouserkaf n'a pas le cœur à rire. Snéfrou devine qu'une bonne punition l'attend pour être parti ainsi, en pleine nuit. Mais cela lui semble un moindre mal en comparaison de ce que les Hittites auraient pu lui faire.

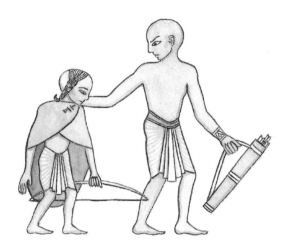

9

L'accueil d'Amasis

Après un trajet interminable et mortellement silencieux, le petit groupe arrive à la demeure de Snéfrou. Ouser-kaf repart aussitôt avec Merit-Neith et Hapouséneb. Les deux complices jettent des coups d'œil quelque peu inquiets à leur compagnon.

— Bonne chance, Snéfrou, murmure Merit-Neith.

— Je suis sûr que tout va bien aller pour ta mère, ajoute Hapouséneb.

Le cœur lourd, Snéfrou regarde ses amis partir. Juste à ce moment, son père se porte à sa rencontre. Son regard révèle qu'il est partagé entre le soulagement de revoir son fils et la colère qu'il ait désobéi.

Sans dire un mot, il pose une main sur l'épaule du jeune scribe et lui demande de le suivre à l'étage. Après toutes ces émotions, Snéfrou est à la fois rempli d'appréhension envers ce qui l'attend, d'inquiétude pour sa mère et d'apaisement de sentir la chaleur d'une main familière.

Amasis conduit son fils dans sa chambre, le fait asseoir sur le lit et s'installe à ses côtés. Le silence qui règne entre eux devient insupportable pour le garçon. Après une attente interminable, le père prend enfin la parole :

— Snéfrou, je dois te dire que je viens de passer l'une des nuits les plus terribles de ma vie.

Snéfrou aurait bien envie de répondre qu'il est infiniment désolé, mais il sait qu'il vaut mieux ne pas parler tout de suite.

— J'ai été très inquiet pour toi, et particulièrement quand j'ai appris que les Hittites arrivaient du désert où tu étais parti. Et ta mère a été si bouleversée que la naissance du bébé va être prématurée. Personne ne sait quelles en seront les conséquences, car la grossesse n'était pas encore à terme et cet enfant n'est pas prêt à naître.

Accablé, Snéfrou baisse la tête. Il n'aurait jamais imaginé que son escapade puisse créer autant de problèmes. Et tout ça pour un cadeau qu'il voulait donner à son père !

— Ce que tu as fait cette nuit n'était pas particulièrement brillant…

Amasis regarde son fils et l'ombre d'un sourire apparaît sur ses lèvres.

— Je sais, cependant, que tu as fait cela pour m'offrir un cadeau. Je l'apprécie beaucoup. Ton intention

était louable, même si je n'approuve pas ta façon de faire.

Le jeune scribe commence enfin à respirer, un poids énorme vient d'être enlevé de sur ses épaules.

— Mais surtout, ajoute Amasis, je suis fier de ce que toi et tes amis avez accompli. Grâce à vous, nous avons été prévenus de l'attaque des Hittites et les avons vaincus. Sans vous, l'armée de pharaon aurait été prise par surprise et aurait pu être anéantie.

Snéfrou interroge son père du regard. Comment a-t-il su? Amasis comprend tout de suite ce qui le tracasse et s'empresse de répondre à ses questions muettes:

— Dès que l'alerte a été sonnée, j'ai été convoqué par le pharaon. J'ai vu le message et son porteur. Il n'a pas été difficile de reconnaître Hars-Isis. Merit-Neith le traîne si souvent avec elle.

Son sourire s'élargit.

— J'ai reconnu ton écriture immédiatement. Je la reconnaîtrais entre mille. Sans compter ton oudjat.

Snéfrou, soulagé, se précipite dans les bras de son père.

— Je suis fier de ce que tu as fait, malgré tout. Mais ne nous refais plus jamais une peur pareille.

— Papa? Pourquoi Nedjemou, le conseiller du pharaon, a-t-il trompé Toutânkhamon?

— Le roi Mursili II lui aurait donné beaucoup d'argent pour trahir son pays. Tu sais, certaines personnes sont prêtes à tout pour obtenir des faveurs ou des richesses.

Juste à cet instant, Nebtou pénètre dans la chambre. Le cœur de Snéfrou s'arrête. Les mains et les vêtements de Nebtou sont couverts de sang. Mais son inquiétude s'évanouit dès qu'il aperçoit le sourire de celle-ci.

— Maître, le bébé est là.

— Eh bien, allons le voir, s'écrie Amasis en entraînant son fils avec lui.

10

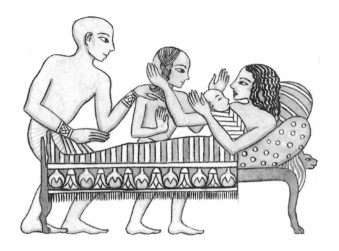

De surprise
en surprise

Lorsque le père et le fils s'approchent de la chambre de Nanéfer, le médecin en sort. Il semble très fatigué. Il sourit en apercevant les deux hommes.

— Ah ! Amasis ! dit-il. Te voilà avec un troisième garçon. Félicitations !

Mais aussitôt, son visage s'assombrit quelque peu.

— Hélas, j'ai bien peur que ce soit le dernier.

— Pourquoi ? demande Snéfrou.

— Il y a eu quelques complications durant l'accouchement. Je crains que Nanéfer ne puisse plus jamais avoir d'autres enfants. Je suis désolé.

— Nous avons été bénis des dieux et avons déjà six enfants, répond Amasis en haussant les épaules. C'est plus qu'il nous en faut.

— Tu parles avec sagesse, répond le médecin. Un peu de repos, et tout rentrera dans l'ordre pour Nanéfer. Allez ! Je reviendrai vous voir demain.

Snéfrou et son père entrent dans la chambre. Nanéfer est étendue sur le lit, un paquet emmailloté dans les bras. Elle est très pâle et semble épuisée, mais heureuse.

En apercevant son fils, son visage s'illumine.

— Snéfrou, te voilà enfin. Je te présente Akhménou.

Le garçon s'approche et regarde le nouveau-né qui dort paisiblement dans les bras de sa mère. Il est vraiment minuscule et, fait plutôt surprenant, il semble en pleine forme.

— Je suis vraiment désolé de vous avoir causé tant de soucis, à toi et à papa, murmure Snéfrou en serrant sa mère dans ses bras.

— Puisque c'était pour une bonne cause, nous allons passer l'éponge là-dessus. Mais ne t'avise plus jamais de recommencer !

— Par Osiris, je le jure, promet Snéfrou, trop heureux que tout se termine bien.

Deux jours plus tard, dès le lever du soleil, Hapouséneb et Merit-Neith piétinent à la porte de Snéfrou, impatients de savoir ce qui lui est arrivé. Eux-mêmes en ont été quittes pour une punition, mais ça aurait pu s'avérer bien pire.

— Qu'est-ce qu'il a dû entendre !

— Il a sûrement été puni, lui aussi.

Après une attente qui leur semble interminable, Snéfrou sort enfin de la maison, un grand sourire sur le visage.

— Alors ? demandent ses deux amis.

— Ça va.

— Et Nanéfer ?

— Elle a mis au monde un petit garçon nommé Akhménou et tous les deux se portent à merveille.

Merit-Neith et Hapouséneb sont soulagés ; les trois jeunes peuvent enfin se rendre à l'école et reprendre le train-train quotidien.

Lorsqu'ils arrivent dans leur classe, une étrange surprise les attend : maître Montouhotep est seul. En les voyant arriver, il sourit.

— Sommes-nous dispensés de classe aujourd'hui ? demande Hapouséneb avec espoir.

— Peut-être pas au sens où vous l'entendez, répond leur maître. Suivez-moi.

Intrigués, les trois amis suivent leur professeur qui les conduit au palais royal. De là, on les fait pénétrer dans la salle du trône. Arrivés sur place, ils restent bouche bée : tous les élèves, le pharaon et le conseil royal sont là, au grand complet !

Dès que les jeunes scribes entrent dans la salle, tout le monde les applaudit. Snéfrou se sent littéralement paralysé. Merit-Neith et Hapouséneb ne semblent pas plus à l'aise que lui.

Le pharaon et son vizir s'avancent majestueusement vers eux. Ils tiennent dans leurs mains trois magnifiques oudjats, d'or et d'argent, ornés de lapis-lazuli, de turquoises, de cornalines et d'améthystes. Toutânkhamon prend la parole :

— Snéfrou, Merit-Neith et Hapouséneb, j'ai grand plaisir à vous remettre ces modestes présents, afin de vous récompenser pour ce que vous avez accompli. Vous avez fait preuve de bravoure et d'un rare courage face au danger et à l'adversité. Je vous offre donc ces amulettes, en espérant qu'elles vous apporteront aide, protection, sagesse et fertilité. L'Égypte vous sera éternellement reconnaissante et votre exploit sera conservé dans les archives royales.

Puis le vieil Aÿ prend la parole à son tour :

— Et pour vous remercier encore, Toutânkhamon, maître des deux terres, vous convie à une promenade sur son voilier.

Assis à la proue du navire royal, Snéfrou, Merit-Neith et Hapouséneb contemplent le Nil. Le somptueux bateau navigue lentement sur le fleuve. Les rives défilent paresseusement. De temps en temps, une tête d'hippopotame ou un groupe d'ibis surgissent des roseaux qui se balancent au gré du vent sur le rivage. À l'ouest, le dieu-soleil se couche.

Les trois amis ont fêté toute la journée et ils se sentent soudainement épuisés. Rien ne leur semble plus merveilleux, en ce moment, que la tranquillité de ce long fleuve qui leur procure tant de bonheur.

Le jeune pharaon vient les rejoindre.

— Ce que j'aime le plus au monde, c'est une promenade en bateau sur le Nil, en fin de journée, dit-il. Tout y est si serein et si calme.

Les trois jeunes scribes ne peuvent qu'approuver.

— Majesté, croyez-vous que les Hittites reviendront un jour? demande timidement Snéfrou.

— Je ne saurais dire, répond Toutânhkamon, pensivement.

— Moi, je suis certain que oui, s'écrie Hapouséneb. Je suis sûr qu'ils n'hésiteront pas à nous attaquer de nouveau.

— Mais notre armée est très forte, elle est capable de nous défendre, elle vient de le prouver, non?

— Bien sûr, Merit-Neith, confirme le pharaon en souriant. Mais ne nous soucions pas de ces choses-là, pour

l'instant. Ne vous préoccupez pas tant de l'avenir, vous avez tout le temps devant vous. Profitez plutôt du moment présent, il est si vite passé...

Les trois amis acquiescent. Ils prennent leurs oudjats et les collent ensemble en se jurant de ne jamais se séparer. Après cette promesse d'amitié, ils posent alors leur regard sur l'horizon, profitant des derniers instants d'une merveilleuse journée qui s'achève...

Glossaire

Anubis : dieu de la Momification et des Embaumeurs, protecteur des morts, il était généralement représenté avec une tête de chacal.

Bas-reliefs : ouvrage de sculpture sur un fond uni en faible saillie.

Chadouf : composé d'un trépied supportant une perche et un contrepoids, cet instrument d'irrigation est encore utilisé de nos jours et permet de puiser de grandes quantités d'eau très facilement.

Hathor : déesse de l'Amour et de la Fertilité, souvent représentée par une femme à tête de vache ou avec des cornes.

Hiéroglyphe : signes, semblables à des dessins, du système d'écriture utilisé par les Égyptiens pendant l'Antiquité.

Hittites : peuple qui constitua un grand empire entre le vingtième et le douzième siècle avant Jésus-Christ et qui vivait sur un territoire couvrant une partie de la Turquie et de la Syrie actuelles. À l'époque de Toutânkhamon, la civilisation hittite était pratiquement à son apogée et sa puissance égalait même celle des Égyptiens. Vers l'an 1270 avant Jésus-Christ, le roi hittite Muwattalis et le pharaon Ramsès II établirent un traité de paix, après plusieurs conflits. Mais les Hittites disparurent près d'un siècle plus tard, avec l'invasion des Peuples de la Mer.

Horus: fils d'Isis et d'Osiris, il était le dieu-faucon, à la fois dieu du Soleil et de la Guerre. Il vengea la mort de son père, qui fut assassiné par Set, dieu du Désert. Il était aussi le patron des Rois, et la croyance voulait que le pharaon soit l'incarnation du dieu Horus sur terre.

Maât: déesse de la Vérité et de l'Harmonie universelle, souvent représentée par une femme coiffée d'une plume d'autruche. Elle avait une part très importante dans le jugement des morts.

Métal gris: les Égyptiens ne connaissaient pas le fer, qui était en usage chez certains peuples comme les Hittites. Les Égyptiens utilisaient surtout le bronze, qui avait une couleur brunâtre.

Nil: fleuve qui coule vers le nord, depuis le cœur de l'Afrique, jusqu'à la Méditerranée. La crue annuelle du Nil, alors que celui-ci débordait de son lit, fertilisait le sol et rendait possible l'agriculture.

Mursili II: fils de Suppiluliuma I, il fut le roi des Hittites de 1339 à 1306 avant Jésus-Christ.

Osiris: dieu protecteur des Morts et aussi des Artisans, représenté par un homme momifié. Époux de la déesse Isis et père d'Horus.

Ostraca: morceau de poterie ou d'éclat de calcaire sur lesquels les apprentis scribes pratiquaient leur écriture.

Oudjat: parfois considéré comme l'œil de Râ, parfois comme l'œil d'Horus, l'oudjat est un talisman qui protège celui qui le porte contre les mauvais sorts. Il garantit aussi la bonne forme physique et la fertilité.

Pagne: morceau de tissu fait de lin et attaché autour des hanches. Les gens pauvres comme les gens riches portaient ce vêtement. Cependant, les gens de la noblesse pouvaient avoir des vêtements de meilleure qualité.

Papyrus: à cette époque, il n'y avait pas de papier. Les scribes écrivaient sur du papyrus, une sorte de parchemin fait avec la tige d'une plante poussant sur les bords du Nil, elle-même appelée papyrus.

Pectoral: grand collier orné de pierres précieuses que les nobles égyptiens portaient sur la poitrine comme insigne de leur dignité.

Pharaon: souverain d'Égypte, on croyait qu'il était une incarnation du dieu Horus. De ce fait, le pharaon était le souverain absolu de l'Égypte, car il régnait sur terre au nom des dieux. Personne n'avait le droit de remettre ses décisions en question. On disait de lui qu'il apportait connaissance et lumière, qu'il était facteur de vie, d'équilibre, d'ordre, de justice.

Pylône: massif de pierre en forme de pyramide tronquée, construit de part et d'autre des portails monumentaux à l'entrée des temples égyptiens.

Râ: aussi appelé Rê, c'était le dieu-soleil, le plus important du panthéon égyptien. Roi et père des dieux, il était représenté avec une tête de faucon surmontée d'un disque solaire. Tous les dieux étaient issus de lui.

Scribe: celui qui, dans la société égyptienne, savait lire et écrire. À cette époque, seul un très petit groupe de privilégiés, généralement des nobles, pouvait apprendre à lire et à écrire. Ils rédigeaient les chroniques de la royauté, les textes religieux et juridiques, les traités de médecine et de pharmacie, de mathématique et de morale. Ils étudiaient parfois dans une école spécialisée, appelée « Maison de Vie ». Les scribes devaient d'abord apprendre les glyphes par cœur, puis ils recopiaient les textes anciens. Ensuite, ils apprenaient le dessin, puis, des notions plus générales, comme les mathématiques et la géographie. La plupart des scribes étaient des hommes, mais, à l'occasion, quelques femmes apprenaient aussi à écrire.

Sebek: aussi connu sous le nom de Sobek, c'est le dieu-crocodile qui représente la force.

Senet: jeu de société, très apprécié des Égyptiens. Il se jouait avec des bâtonnets et une planche, dans laquelle on avait creusé des trous de forme carrée. Certains de ces jeux ont été retrouvés par des archéologues, mais les règles du jeu ont été perdues. On sait cependant que le but du jeu était de faire sortir les bâtonnets de la planche plus vite que son adversaire.

Set: dieu du Désert, de la Tempête et de la Violence, souvent représenté par un homme à tête de chacal. Frère d'Osiris, il tua ce dernier par jalousie, mais fut défié par son fils Horus.

Thèbes: fondée par des princes vingt-deux siècles avant Jésus-Christ, cette ville fut rapidement la capitale de l'Égypte. Puissante métropole religieuse, c'est là que se trouvait le palais royal. Détruite six cents ans avant Jésus-Christ, il n'en reste plus maintenant que des ruines.

Thot: dieu de l'Écriture et de la Connaissance, scribe des dieux, souvent représenté par un homme à tête d'ibis ou par un babouin.

Toutânkhamon: jeune pharaon qui vécut près de treize siècles avant Jésus-Christ. Il monta sur le trône vers l'âge de neuf ans, mais mourut à l'âge de dix-huit ans. Certains disent qu'il est mort dans un accident, d'autres pensent qu'il a été assassiné. La découverte de son tombeau intact par l'archéologue Howard Carter, en 1922, le rendit très célèbre.

Vizir : premier ministre du pharaon. Il avait plusieurs tâches, comme s'informer des dépenses et revenus du domaine royal, écouter les rapports de police, soumettre les dossiers les plus délicats au pharaon, contrôler les entrées et sorties du palais. Il s'occupait aussi de la justice, de l'agriculture, de l'armée, de la police, des impôts, des finances, du clergé.

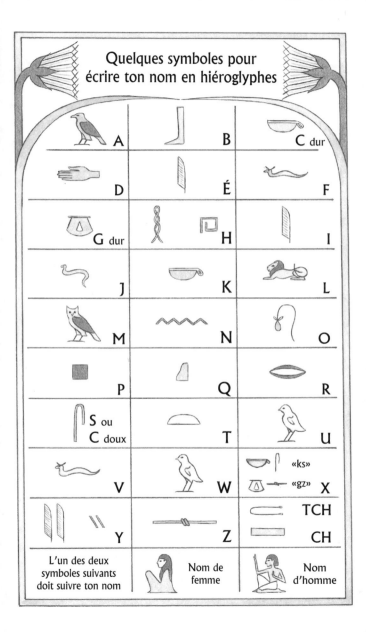

Quelques symboles pour
écrire ton nom en hiéroglyphes

A B C dur

D É F

G dur H I

J K L

M N O

P Q R

S ou C doux T U

V W «ks» «gz» X

Y Z TCH CH

L'un des deux symboles suivants doit suivre ton nom Nom de femme Nom d'homme

Table des matières

Evelyne Gauthier

Evelyne Gauthier a toujours été une passionnée de lecture, d'écriture et aussi de dessins. Petite, elle rêvait d'être écrivaine ou illustratrice. Au moins l'un de ses rêves s'est réalisé! Ce qu'elle aime le plus dans la lecture, c'est pouvoir s'évader et aller dans un autre monde. Après avoir fait un petit crochet par le droit, elle a étudié la littérature à l'université, et elle s'est trouvé un travail aux Éditions Pierre Tisseyre. Elle peut alors lire autant de livres qu'elle le désire!

Derniers titres parus dans la
Collection Papillon